百咏朝阳

王学敏 著

北方联合出版传媒（集团）股份有限公司
春风文艺出版社
·沈阳·

全力传播正能量

岗位盛开文明花

文艺老兵朱先斗

松持節操涵性
山居崖廣風花老難

齊心翰

三燕古都

九凤朝阳

劉子鹮書

诗情画意抒衷情

华玉玺

　　王学敏的新作《百咏朝阳》即将与读者见面了。当我看过这本书的清样后，为书中的内容深深叹服，一股喜悦之情油然而生。整部作品思想敦厚、形式新颖，感情真挚，表现出了作者对家乡故土的深深眷恋、对朝阳历史的无限热爱和对美丽自然的虔诚膜拜。

　　问渠哪得清如许，为有源头活水来。生活是文学的源泉，文学是生活的写照。《百咏朝阳》一书寄情山水、依恋田园、诗图并茂，字里行间折射出作者的人生经历和大爱情怀。王学敏曾任大队书记、公社团委副书记、县妇联副主任、北票市计生委副主任、北票市委宣传部副部长；朝阳市人大研究室副主任、市人大机关党委专职副书记等职。正因为她从农村基层一步一个脚印地走来，在火热的生活中磨炼提高，所以她的作品接地气，体现了草根文化特色，散发着浓郁的乡土气息，表现出对故乡土地的无限眷恋与挚爱。她一次次按动相机快门，记录下无数个精彩的瞬间；她一次次挥汗如雨，写出对家乡和乡亲们的真情。经过几十年来的不懈努力，她实现了从政为文双丰收。她的摄影集《记忆川州》《凌河流韵》《七彩星》，散文集《心灵的绿洲》等，都是有筋骨、有道德、有温度的好作品。

　　衙斋卧听萧萧竹，疑是民间疾苦声。王学敏始终不忘自己是一名共产党员、人民公仆，心始终和平民百姓在一起，对党的事业忠心耿耿，对自己的工作精益求精，对群众奉献一片爱心。正因她在工作中创出了佳绩，获得了荣誉，受到人民群众的拥护和爱戴。她曾数次被评为优秀共产党员、优秀党务工作者、全国计划生育工作先进个人、辽宁省优秀公务员、朝阳市特等劳动模范、北票市"十佳"公仆等。王学敏关怀群众，情系农桑，不断深入基层，走遍了朝阳的山山水水。她钟情于朝阳大地的春种秋收，喜悦于五谷丰登、六畜兴旺的稼穑盛况、繁荣景象，热恋于桃花盛开、梨花皎洁、杏花飘香、丁香花放、文冠果娇的璀璨画卷、碧野乐章。宝剑锋从磨砺出,梅花香自苦寒来。所以,她的文学作品有生活、有源泉、有动力,有取之不尽、用之不竭的创作题材和对乡亲故旧的深厚感情。

今人不见古时月,今月曾经照古人。树梢树枝树根根,亲山亲水有亲人。王学敏热爱家乡厚重的历史、丰富的文化,更崇尚朝阳的风云人物。革命先驱陈镜湖、抗日英雄赵尚志、"当代花木兰"郭俊卿、"双枪红司令"乌兰、蒙古族作家尹湛纳希、当代著名作家玛拉沁夫、当代儿童文学作家胡景芳等彪炳朝阳史册的风流人物,都在她的作品中深深地扎根;三燕古都厚重的文化底蕴,九凤朝阳的勃发张力,第一只鸟飞起的翅影,第一朵花绽开的芬芳,鸽子洞人类祖先繁衍生息的履痕,牛河梁红山文化遗址拨开的 5500 年前中华民族的文明曙光,五彩缤纷的世界化石王国,动漫皮影的艺魂、名扬皇宫的绒绣、富有灵性的剪纸,都在她的作品中汇集。《百咏朝阳》带我们走进了朝阳的历史沿革、人文世界、秀美山川,让我们回忆起朝阳的昨天,动情在朝阳的今天,畅想于朝阳的明天。让新的梦想起航,让新的精彩绽放。

《百咏朝阳》把朝阳人眼中的朝阳赋予诗情画意,寄托着、咏唱着、珍藏着、拍录着;把朝阳人心中的朝阳赋予情感表达,激荡着、奔放着、抒发着、渲染着。这是作者热爱家乡的浓墨重彩,这是作者眷恋家乡的回眸印象,这是作者回报家乡的春晖露珠。愿《百咏朝阳》成为实现"朝阳梦"征程中,一声最铿锵的足音,一个最美丽的音符,一张最灵动的缩影。

是为序。

（华玉玺系国家一级作家,曾任中共朝阳市委常委、秘书长,朝阳市政协党组副书记、常务副主席,辽宁省市场经济学会副会长;现为世界杰出华人联合协会副主席,中国当代艺术协会终身名誉主席,中国作家协会会员,辽宁省作家协会顾问,朝阳市作家协会主席。）

目 录

1

大美篇

故国三燕，凤山凌水，逸动韵长。
鹤翔鹭飞，看峰峦叠嶂，鸟鸣龙舞，遍地春光。
历览人间多少事，挟风雨雷霆家国强。
凝睿智，述牛河史话，神韵朝阳。

诗兴寸心慧悟，惜蒸蒸日上，萦荡柔肠。
望老川新寨，桃红柳绿，美轮游廊，天籁清音。
洒尽民情红泪泣，念英烈精神铸栋梁。
铭理想，展千秋伟业，抒写辉煌。

大美中国，幸福朝阳

当"美丽"这个词汇与我的祖国相连
美丽中国
开启了中华五千年文明的新时代
我的家乡朝阳　是美丽中国的一个点
传统而又现代　古老而又年轻
她正在美丽中开启幸福生活

中国梦在美丽中绽放
我的梦在幸福中飞扬
幸福的脚步　从美丽发端
在世界上第一朵花绽放的地方
在世界上第一双翅膀飞起的地方
迎着牛河梁中华文明的新曙光起步
穿过五千年历史的时空
沿着大凌河向东迎接朝阳

"凤凰鸣矣　于彼高冈
梧桐生矣　于彼朝阳"
凤凰山下　一泓涟漪
如明镜映照我们美丽的城市
这泓碧波映照蓝天
折射我们的内心
历史与现实
告诉我们珍惜
美丽中国　幸福朝阳
我们跨进的
是一个美丽的时代
幸福朝阳
已经普照辽西大地
温暖阳光沐浴三百三十万优秀儿女
为什么我们的眼睛里满含喜悦

因为"美丽"　因为幸福
大美中国　幸福朝阳
凤山凌水　溢彩流芳

美丽相约　向幸福出发
我们一路同行　走向更加美好
朝阳一幅幅色彩斑斓的时代画卷
大凌河古有引水入宫的丰碑耸峙
今有拦河成湖的历史波光

看今天的朝阳
山围翠带添秀色
水着衣裳更妖娆
如诗如画的美悦　美妙　美好
我们在人民的殷切期望中

用智慧和真诚建设家乡
用汗水浇灌美丽的理想之树
用真情抒写大美朝阳
社会主义新农村是美丽的
生态文明是美丽的
我们为美丽中国歌唱
为幸福朝阳耕耘
歌颂祖国　祝福人民
与我的祖国一起茁壮成长
一起创造美丽与辉煌
这充满朝气的美丽时代
美丽在你我的脸
激荡在我心中
美丽中国　幸福朝阳

天鹅奋翮向朝阳

一眼三桥

九凤朝阳我的家

在大凌河辉映的倩影里
我解读你崭新的形象
在凤凰山昭示的神圣中
我沐浴加持着正能量
是牛河梁东方女神的风韵
在中华文明史上加印了你的符号
霞光的色彩中
我理解了什么才是属于你的辉煌

东方佛都的梵音至今萦绕
菩提嘉木　结满吉祥
凤凰鸣唱　于我高冈

古生物地质公园的剖面
世界上第一朵花在这里绽放
第一双翅膀在这里翱翔
家乡的海拔是我永远的景仰
南塔和北塔彰显着历史的辉煌

慕容传奇饮马白狼水
三燕为都成中华篇章
尹湛纳希　赵尚志　郭俊卿
人杰地灵铸新史
一片"中国地"
挺直民族的脊梁
我生于斯长于斯的山和水

你两万平方公里的胸怀
我的三百三十万父老乡亲
女的叫九凤
男的叫朝阳
九凤朝阳　我可爱的家乡

五千年的文明史诗
在牛河梁升起新曙光
东方有大美——
是我可爱的家乡
心中永不落的太阳

在大凌河脉动中

在大凌河绵延的脉动里
我听到一种经久不息的激情澎湃
在凤凰山峰峦叠嶂的葱郁中
我聚焦一种千古未变的质朴和谐
在矗立的南北塔倩影里
我瞩望一种喷薄的华光异彩
在鸟化石地质博物馆
我领悟一种远古的震撼
朝阳，我情感摇曳的地方
我总是在情不自禁中把你阅读
这里——曾经是石破天惊龙鸟展翼
这里——曾经是红山女神中华母祖的故乡
这里——曾经是金戈铁马驰骋的疆场
这里——曾经是三燕古都
引得英雄气盛，儿女情长

在中国史里
你是文明的新曙光
如今——您春风荡漾
用智慧和勇敢
谱写朝阳新时代强音
威武而雄壮
用胆识和气魄
塑造朝阳崭新的形象
勇于创新
托起一个绚丽多姿的朝阳

朝阳北塔

三燕故地

拂去沧桑的尘土
荣光与梦想竟是如此清晰
地球上第一朵花在这里绽放
第一只鸟从这里飞起
远古的三燕大地你所拥有的
又何止是几多第一
十万年前人类灵光绽放
鸽子洞人最早在这里上演精彩生命大戏
牛河梁先人最早在这里点燃文明圣火
红山女神我的中华母祖
文明曙光一经展露
这里便是精彩纷呈熠熠生辉

从夏家店下层文化的打磨石器
到殷商时期的青铜古迹
从燕长城的巍巍雄姿
到三燕的金步摇
从冯太后建思燕佛图拉开建塔帷幕
到隋文帝赐营州佛祖舍利
从辽契丹族精美的石刻
到元蒙古人驰骋南北的马蹄
从乾隆驻足朝阳题封佑顺
到蒙古族作家尹湛纳希书写青史演义
大凌河这条古老而文明的水系
到处都彰显历史的厚重和文化的绚丽
在文明史册的每一页上
都留下了浓墨重彩的一笔

大凌河城内段

凌水绕凤山

翻开这页古老的土地　　　　　　时代风骚
古铜色的阳光正在山水间漫染　　查玛舞的奔放旋律
凤山巍巍　凌水滔滔　　　　　　诉说着一段神的经历
勾画出朝阳迷人的线条　　　　　让思绪　随着香火
曾经是唐诗宋词里苍凉的诗行　　一起幽幽地燃烧
凌河岸上　燕湖水滨　　　　　　凤凰山重峦叠嶂蕴含神秘
朴素的农家，炊烟袅袅　　　　　古老宏伟的寺庙接纳了多少膜拜
一幅和谐把生活拥抱　　　　　　苍翠多姿的起伏
悠悠丽湖水　点点白帆幽　　　　曲径通幽　绵延逶迤的山路
希望的双桨　把春天激荡　　　　通向神秘与神圣
朝阳多古寺　苍松挺且直　　　　辽塔摩云　弥望大宝塔
数百年晨钟暮鼓惊醒新世界　　　抬头天庆寺俯首十八盘

对话北魏的摩崖佛龛
仰望云接寺　天高山远
延寿寺　卧佛古洞
古迹连绵情思萦绕
小溪寺边品山泉清韵
石头在唱歌　白云在舞蹈
大自然生花妙笔
凤凰山头　看雄鹰展翅　席卷狂飙
凌水的仙鹤
白石的天鹅　与白云齐飞　云淡天高
我爱劈山沟红杏枝头春意闹
涓涓的溪水

芬芳的山花
满山的杏林
我爱槐树洞的清泉把人醉倒
槐花天外香飘
我爱清风岭的红叶
满山的枫林
五彩斑斓连成一片
朝阳遍地是芳草
处处是美的写照

凌河龙舟赛　**13**

龙城舞

朝阳始建称龙城
村落遗址商周代
建于两晋十六国
三燕都城更气派
宫城城门南北轴
三个门道南门开
车水马龙繁华景
北魏唐辽城郭改
千年古建觅古迹
文物千件盛景在
慕容熙建龙腾苑
末代皇帝位后燕

千年遗址土下存
皇家园林清晰见
马山洞穴岩溶洞
钟乳石哺怪奇形
碳黑遗迹多处见
哺乳动物化石精
转角羚羊丰姿彩
犀牛猛犸象何凶
啮齿食草食肉类
动物骨骼化石丰
十万岁宝喜惊艳
晚更新世动物群

青铜时代有人家　　椴木自然好风光
夏家店层聚落城　　万亩山缘地丰广
出土石器近五百　　山峰奇特观锦绣
高速路惊先人醒　　林木茂密树万象
三燕龙城复再现　　漫山遍野山杏树
城门城墙古建型　　王子骨花紫丁香
道路排水成体系　　蛤蟆虎豹石中立
城市布局展欣容　　仙羊白虎洞里藏
陶器瓷器塑造像　　圣母山峦石塔耸
石雕建筑石刻经　　观叶赏石情趣昂
铜器铁器精美物
辽元时代为见证

凌河大桥

朝阳南塔

双塔缘

三座古塔鼎足立　　佛教考古海外传
东塔南塔和北塔　　镏金银塔金经塔
北塔始建北魏间　　波斯玻璃瓶国鉴
思燕佛图弘法愿　　精美绝伦金银器
方形塔状十三层　　华丽多彩玛瑙端
四十三米高巍峉　　绚丽夺目玻璃器
四面雕密四方佛　　晶莹剔透水晶件
八胁菩萨侍禅座　　巧夺天工玉石器
廿四飞天来环绕　　古迹文物世罕见
八大灵塔千姿俏　　辽代石经幢高美
加固修缮有发轫　　东北第一幢超然
天宫地宫珍宝千　　雄伟新姿屹天地
佛祖真身两舍利　　历史文化宏图展

北票礼赞

清帝光绪点煤城
四张龙票盈号名
鲜卑墓群喇嘛洞
康家屯里古石城
三道长城纵横贯
东西南北四方景
三燕文化一层楼
千古名胜川州行
藏传佛教惠宁寺
香炉紫烟幽雅致

壮丽殿宇松柏翠
信徒旋踵纷沓至
龙鸟飞起世界殊
古果绽放新枝翠
尹湛纳希红学著
巨作三部青史书
辽西绿岛生命源
石林耸峙触青天
风光旖旎原生态
三春胜景赏杜鹃

黑山奇峰岳岭峻　　龙潭水泊百丈深
雾霭云霞幽谷神　　大渡槽横千米行
杏林春晓山花漫　　万人坑头藏矿工
百鸟争鸣烟树衍　　爱国基地明铁证
伊思曼镇温泉浴　　抗日英雄乌兰秀
强身健体人康聚　　保家卫国留芳名
白石库堤锁平湖　　乌金埠地黄金邦
水上乐园皮筏流　　铁石域都玛瑙城
万顷湿地候鸟栖　　温室大棚番茄源
鹅鹤鸥鹭鹬鸟齐　　有机食品基地兴

凌源市

凌源巡礼

大凌河源始发端　　　十大公司育花卉
青龙河流贯泾川　　　鲜花远销京津沪
努儿虎山七老图　　　金铜铁锌珍珠岩
龙脉纵横东西观　　　钢都制造业领先
依山傍势万祥寺　　　哲学思想家学者
古松云杉幽深显　　　杰出罗布桑却丹
群山环抱风景秀　　　百科全书民俗学
古寺藏经信徒传　　　首部中华名著篇
石拱桥跨古河床　　　鏖战疆场郭俊卿
大莲花雕嵌中央　　　冲锋陷阵胜伟男
堪比苏州 "东美桥"　　隐性扮男五年久
金代中国明珠灿　　　誉赞现代花木兰
原始森林红石谷　　　儿童作家胡景芳
六仙女峰穿空剑　　　孩子成长有遗篇
赤马昂首飙风起　　　矻矻笔耕不坠志
倚红偎碧听鸣蝉　　　蚯蚓风格代代传
温泉山庄神水浴　　　泛览凌源风景秀
度假疗养体康健　　　颂古抚今诗成篇
两杏一枣基地繁　　　巡礼纵观千年史
春花满山秋果鲜　　　美不胜收在凌源

朝阳颂

努鲁儿虎山　　北斗曲折像
溪林花石岩　　长蛇更蜿蜒
面积二千顷　　谷底石堆积
山谷十里绵　　高低长短见
谷溪水似练　　立卧蹲坐式
峰回岭百转　　爬跑背抱全
　　　　　　　山谷千般秀
　　　　　　　万壑争流湍

蔚然浑秀气　　春风和日丽
郁郁苍苍间　　红杏枝头繁
雉兔群群落　　夏云蒸霞蔚
獐鹿驰逐穿　　幽香佳木衍
天然三瀑布　　秋高天云淡
游人叹为观　　层林霜尽染
一年四时景　　冬雪白皑皑
风景各异端　　银装素裹点

红山吟

辽西山地丘陵带
努鲁儿虎山贯脉
老哈大凌河分岭
蹦河海棠河水猛
六山一水三分田
五谷杂粮六畜丰
金铁锰锌铜铝藏
膨润陶土理石兴
燕国修造长城址
八十公里庙宇群
惠州城址金代塔
古墓穴多积石冢
青铜时代夏家店
五连城址地势险
城墙石筑达山脊
西城廓域万米远
石器陶器亚腰斧
梯形石铲居多见
陶器多为砂纹褐
鬲盆罐豆俱残片
战国长城二千年
七公里长完好段
依山势为东西向
山冈纵横沟谷悬
石筑土筑天屏障
台址鄣址城址建
陶豆盆罐瓮席纹
红陶釜燕九币全
燕长城址重保护

民族爱国自豪感
惠州城址四环山
东临哈河蹦河川
建筑材料砖瓦块
生活器皿陶瓷片
金银铁器精美器
象棋围棋文物展
松林丛中遗址掩
红山女神惊发现
积石冢群方圆致
女神庙前布祭坛
玉猪龙凤随葬器
墓主人用通神建
一人独尊宗教主
女神群像向尊前
红山女祖扬神力
中华共祖圣地显
红山文化遗址存
中华文明五千年
双会经会十王会
民间婚丧喜庆族
笛鼓笙管打击乐
演奏谱曲工尺谱
清乐散乐马后乐
辽宋渊源鼓笛抒
濒危音乐需保护
非物文化遗产录
黄河灯会跑黄河
黄河儿女健康乐
千古传承色彩丽
愉悦体智似圣火
北部皮影彩色装
素纸雕镞戏迷享

民俗民风文化惠　　夸张变形而脱洒
原汁原味传统扬　　线面巧妙相融合
辽西建平七乡演　　阴剪阳剪两手法
皮影戏逾千年榜　　质朴灵秀精工制
滦州影兴万历年　　生动传神艺高雅
东西路影两派强　　绒绣又名皇宫绣
敖包山人韩学孔　　图案立体效果求
意合班立祥瑞堂　　画面殊韵多品位
收徒唱影植热土　　绣品视觉光色柔
快马轻刀髯腔唱　　杨氏绒绣独树帜
传抄影卷五七部　　色彩浓郁绚丽绸
数千影卷具影响　　建平刺绣古色浓
清末光绪影卷存　　蒙古刺绣鲁绣功
百年麻油灯影窗　　直长短抢纳锦针
剪纸艺苑束奇葩　　艺人百年苦练成
清中叶期汉民化　　八十年代京沈展
造型稚拙多粗犷　　欣赢专家喝彩声

建平天秀山

25

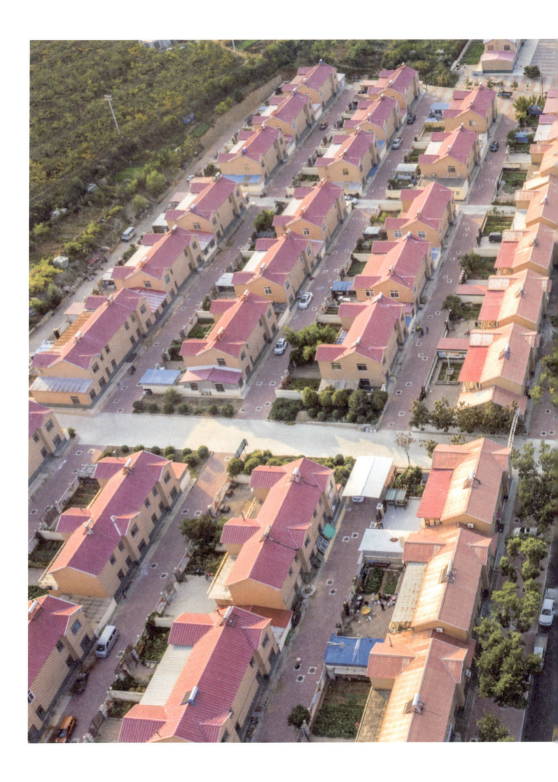

建平小平房新农村

游龙乡

龙凤山峦两巅峰
吞云吐雾龙首乘
凤冠斗美峻峭姿
山灵秀丽松柏青
洞幽怪异藏古刹
虎影泉景潭瀑泓
鱼翔浅底映联珠
山庄水抱蓄华荣
江南秀色怡人心
水岸人家锦绣城
野鸽栖息天然洞
临河陡壁古人行
十五万年考古史
旧石器品三百种
鸽子洞邻天门洞
峭壁向阳顶洞升
五彩泥石如胎软
阳光照耀顽石硬
梨乡踏青赏花来
春风拂煦绚丽彩
膜拜佛教吉祥寺
祈福民俗聚水财
裸体孕妇女人像
生育神拜顶礼慰
东山嘴处祭坛址
母系氏族里程碑
白垩世纪霸王龙
中国暴龙喀左赢

热河生物群巨变
龙科起源亚洲兴
科普观光公园建
暴龙文化展欣荣
玲珑隽秀白龙峡
天公造物显奇观
九龙沐浴莲花池
万佛地宫幽谷仙
三崖两崭一缓麓
峰峦台壁溪谷全
金代道士康泰真
长寿道长盛誉存
祈求长寿平安福
金鼎之地墓碑铭
仰天洞穴仙人迹
传道神仙青石影
康熙年建天成观
楼堂殿阁百十间
北方道教三丛林
太清宫和白云观
匠心独运技精湛
石雕物花栩栩鲜
玲珑剔透五彩纷
华丽衬托最庄严
佛教圣地清安寺
楼阁横空势宏伟
袅袅香烟画梁绕
声声梵音钟鼓催

鱼池排布波光粼
垂钓挥竿舞鱼飞
利州佛塔严禅寺
古槐叶茂浓荫蔽
紫燕翻飞鸣呢喃
莘莘学子朗声齐
玲珑剔透古典雅
青松掩映伴桃李
凌水借势绕曲弯
浑然天成唯壮观
通天拔地神奇峻
雄中含秀幽奇兼
山水相映共一色
碧波荡漾行渡船
敖伦湿地好景观
河心岛屿栈道连
荷花池塘花弄影
林河水润生态环
高奇险秀楼子山
俊俏伟岸入云天
晴日登峰望日出
海到尽头天作岸
松涛随岭跌宕起
炊烟绕村如画卷
雄姿凌霄白狼山
曹操东征讨乌桓
贼首蹋顿抛荒野

胡汉降者二十万
千古名作《观沧海》
白狼远播扬名山
白狼山呈马蹄状
挺拔厚峻秀拱端
登临绝顶红日近
目极东海白云连
铁沟沟谷连绵山
巨龙匍匐两侧盘
形似银锭元宝座
母爱子情母子山
身临其境如画廊
幽深古奥感悠然
紫陶文化精工艺
北方瓷都影响远
山中有园园中山
自然人文美景观
九龙戏珠成传说
慧眼识珠乌兰山
春满山桃杏花绽
霞雪相映游人览
夏季千树滴翠玉
鸟语花香蝶蜂恋
秋风红叶满山坡
收获憧憬情无限
冬山翠柏依然绿
白雪映衬银装扮

喀左精严禅寺佛塔

美轮美奂大河北 [1]

大河北
是我心动的地方
绿色的树木苍翠欲滴
秀美的山五彩斑斓
姹紫嫣红的画卷
在我的眼帘和心间
大河北如我的闺密
美轮美奂
大河北山清水秀
升腾起浓浓的诗意
苍劲挺拔的参天古树
向着蓝天
沐浴着朝阳
讲述着这片土地的传奇
白桦亭亭
黑桦刚毅
枫树浪漫
松柏轩昂
柞槐朴实

[1] 辽宁省朝阳市凌源市大河北

绿色连绵挺秀，势傲苍穹
攀缘崎岖的山路
树叶像繁星点缀
铺就金光大道
落脚像踩在棉絮上
真像神游植物王国
虬枝峥嵘
枝丫相连
拉起的牵手舞
树荫遮住了太阳
不时有树上的露珠打在脸颊
像热带雨林
走在林间昂首翘望
忽如茂盛的原始森林
树隙中泄露出万道霞光
喜鹊枝头喳喳叫
百灵鸟唱响清雅的旋律
五颜六色的雉鸡拍着翅膀
一座高悬两米的蚂蚁窝
穿行着忙碌的蚂蚁
一串串红褐色的榛子
在阳光照耀下
像珍珠一样亮丽
鸟衔着咧开嘴的榛子饱餐

大自然的使者啊
和我们一起和谐相处
山涧的潺潺流水
浇灌着万物
润泽着沃野
扎着红头巾的姐妹
面带收获的笑容
远处传来悠扬的笛声
像一杯琼浆玉液让人醉了
辽西最高的山峰
有黄山之神韵
有华山之雄姿
有石林之奇观
有香山之秀美
大河北的生态之美
呼应着秋天的白云
定格了水的柔情
勾勒了四季风景
春天的新绿令人憧憬
山花娇艳、鸟语花香
透着满山遍野的香气
夏天的繁茂，让人向往
郁郁葱葱的山巅飘着几片白云
像翠带围在山间

孩子们在小溪里玩耍
倘或一场新雨
那雨后的彩虹格外绚丽
秋天的富饶让你充实
红叶、黄海、绿洲争奇斗艳
满山的果实，沁着丰收的喜悦
冬天的银装让你振奋
一望无际
雪地镶嵌着动物的脚印
像一幅水墨画
没有积雪覆盖的地方
动物在贪婪觅食
人与自然和谐
青山不老
大地永存
无限生机

民族情

让我们进行一次时光穿越
三百年前
水碧山青天高云淡时节
成吉思汗的后人
唱起古老的歌谣
痛饮西风的凛冽
踏歌起舞来到了巴彦和硕
（今天的下府）
在此低头饮马　弯弓射月
莽莽苍苍的三燕大地
自此开始了
水乳交融的蒙汉情结
我漫步在惠宁寺旧址的古树下
驻足于尹湛纳希的八角井旁
古人不见今夕月
今月曾经照古人的感慨
一代蒙古族文学巨匠
在牤牛河畔，八角井边
构思他不朽的情节
《青史演义》的雄浑
《红云泪》的深切
《一层楼》的高远
《泣红亭》的呜咽
像马头琴的声音
长歌短啸　至今没有消歇
惠宁寺的庄严
仿佛是一段历史的缩写

星移斗转
一任花开花谢
历史的年轮
刻满了风霜雨雪
旭日喷薄
一时多少豪杰
玛拉沁夫的草原
升起敖包上一轮十五的明月
萨仁图娅的诗篇
诉说着木兰花的高洁
大凌河润泽的利州
虽然结束游牧的部落
但透过这富饶的田野
仍能听到悠扬的蒙古长调
蒙汉民族的共同存续
形成了三燕大地独有的风格
酒还是一样地烈
情还是一样地切
命脉中流动的
依然是一样的热血
没有鲜花　就没有翩翩起舞的蝴蝶
没有民族的自尊
就没有广阔博大的精神世界
相依的民族深情啊
像我们头顶上的满天星光
万古不灭

原北票市民委主任太福生夫妻参加活动

牛河梁遗址第二地点保护展示馆

东方女神颂

穿过五千年历史幽深的巷道
凝重的眸子洞明尘封
你这富有生命的黄土之躯
凝聚着祖先匠心独运的灵感
訇然走出岁月的断裂层
如站立起来的巍峨的历史
让世界仰视
惊叹
是远古任性的季风
掠过雄性的牛河梁
掬大凌河水滋润中华
屹立于东方

石刀石斧镂刻远古的生灵
生命之水在黎明唱响
你便以黎明的形象耸立
太阳之火冶炼智慧
陶冶黄土之神的灵光
你比维纳斯更神秘更有魅力
从古代文明走入现代文明
让世界欣赏

啊！东方的维纳斯
你是东方的民族之魂
我们是你的后裔呀
我们是新一代主宰乾坤的盘古
我们延伸的视野
绝不会复归蛮荒
我们会雕塑更新的丰碑
昭示着新文明史诗的辉煌

你听到了吗
我的东方女神
在你庄严的凝眸里面对世界
我知道该怎样挺直自己的脊梁

凌河第一湾

母亲河

大凌河碧波荡漾
向东流一路辉煌
记录着民族精神
承载着儿女希望
镌刻着历史沧桑
展示着时代光芒
荡污浊刷尘埃
日夜奔涌向海洋
润四季醉绿色
多少故事在激荡
第一湾清流
逶迤而来风摆柳
十八弯冲岸阔
古往今来话桑麻

甘甜乳汁育万物
民族脊梁声悲壮
峥嵘岁月情满怀
凌河儿女书华章
一条龙脉传古今
万象更新路正长
山清水秀如画卷
日夜奔流到天荒

赵尚志纪念馆

铁骨铸丰碑

——纪念馆，缅怀英烈

大凌河荡漾着碧波
三燕大地传颂着英烈的赞歌
赵尚志镌刻在丰碑之上
稚嫩的童谣把英烈的名字唱响

鸽哨衔来一个个黎明
每一位行人都挺直自己的脊梁
那是英雄给了我们精神的钙质
那是对英雄的景仰

诞生英雄的岁月
是人类的悲壮
淡漠英雄的民族
没有未来的光芒

今天　我们临摹英雄的特写
不是为了修饰城市的辉煌
你的形象让龙城巍峨
你的精神使我们胸有朝阳

英雄的版图

历史的演变
朝阳绘制着英雄的版图
燕赵大地　慷慨悲歌
风起云突　横扫六合
古往今来
多少仁人志士披肝沥胆
为江山逐鹿　铁马凌河
白狼水畔 曹操挥师柳城
慷慨与恢宏的气度
一阕观沧海　看英雄豪杰

一千六百年前
慕容氏在此开疆拓土
农桑文明的火光
柔软了锋利的箭镞
慕容皝在龙城
雄杰不群　将自己的名字
写进辉煌的史册
唐太宗凌河饮马
薛仁贵黑山射虎
尘封的历史　今天依然传说

依然有灼热的温度
在史书中闪烁
抗战硝烟　似乎刚刚消散
不屈的朝阳儿女
留下不朽功勋　光耀千古
抗日将领赵尚志
民族先驱陈镜湖
舍身报国蓝天林
歼敌英雄刘桂伍
扛大旗，挥刀枪
奋勇杀敌逐豺狼
巾帼不让须眉
乌兰白马双枪
功勋著华章
当代木兰郭俊卿
浩气回肠贯长虹
中华万代
不朽的是我们这个伟大的民族

陈镜湖

乌兰

郭俊卿

刘桂伍

赵 尚 志

1908 — 1942

呼唤英雄

"九一八" 乌云翻
铁蹄踏狼烟
国耻家恨怒火烧
还我山河 还我家园

民族英雄赵尚志
中华美名传
背井离乡打豺狼
马革裹尸还

少小离开家
一腔报国愿
冰城入的党
黄埔苦修炼
举旗兴兵灭贼寇
血国耻打得鬼子闻声就丧胆
他似一把尖刀插进敌人的心脏
他是一部传奇后来人把他敬仰
他的事迹流传在白山黑水
他的热血染红林海雪原

他的故事在神州大地上传颂
他的名字种植在人们的心田
他的英灵在儿女们心中开花结果
他的精神是不灭的火焰

他展示的是民族之魂
他挺直的是中国脊梁

我们呼唤英雄
他的精神引领我们向前

辽西农事

银波滚滚　碧浪滔滔
生态农业　掀起新潮
这是雄伟农事新史诗
这是农村旧貌换新颜
勤劳致富朝阳人
脱贫致富克难关
党群上下齐努力
励精图治求发展
谱写美轮美奂篇
番茄唱着甜蜜歌

辣椒红了海内外
香瓜香又甜
花卉绽芬芳
黄瓜嫩又绿
豆角节节长
收获音符传塞外
丰硕果实渡重洋
银海碧波小康路
生态农业满目春
辽西农事
岁月静好

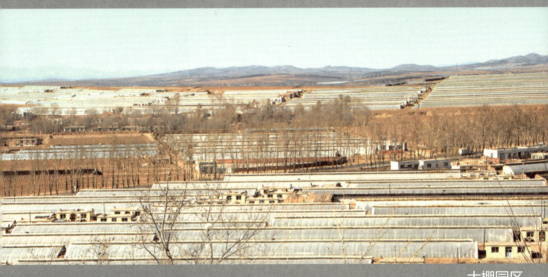

大棚园区

变

变
脱贫致富总动员
凝聚力
干群齐参战

变
先进文化新潮掀
卷愚昧
战胜旧观念

变
撸起袖子加油干
全攻坚
旧貌变新颜

变
精准扶贫春盎然
全民颂
小康梦已圆

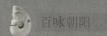

建平县小平房村

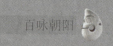

清风岭

中国地

十月金秋　清风岭漫红碧透
看英雄土地　层林尽染群峰
忆往昔　战火岁月峥嵘
日寇铁蹄　践踏国土
神州蒙羞　民族危亡
中华健儿　沙场逐鹿
同仇敌忾　保我华夏
清风岭上　浴血奋战
刀枪剑戟　祖辈同战
甘洒鲜血　保卫清峰
一方净土　中国地

燕长城

定格故乡

依山而处　为山幻化灵性
择水而居　让水平添姿色
啊　朝阳
你的刚毅与沧桑　你的淳朴与善良
给我以成熟的质感　让我的画面动感变幻

从一方水土人间烟火的美感里
以古典而时尚，现代而浪漫的构思
我用真实的镜头展示你古老而年轻的神韵
我以激情的灵感解读你传统而现代的内涵

我以一个朝圣者的虔诚
跋涉家乡的千山万水
明湖映光写诗意
绿树古塔影有声
青山起祥云
溪泉伴人家
仰慕凤凰山连绵而坚毅的巍峨
眷恋凌河水激越而奔放的柔情
不再羡慕外面世界的精彩
只有家乡才是最为美好而静远的气象

这绝非是海市蜃楼的缥缈
而是朝阳　如诗如画的家乡真实的秀美
是情景交融的写真
是季节之外　永恒的印象

凌河新韵

站在拦河筑起的坝上
心绪和私语
感佩智慧的朝阳人
让凌河出平湖
一座城市
有了自然的神韵
千百年川流不息的积淀
波涛荡漾着

一个又一个世纪的梦想
在温顺中显现着和谐
博爱的胸襟包容呵护承载着
朝阳儿女
大凌河
显露出独特魅力
不迁就自然界循规蹈矩的驾驭
用自己的性情荡涤着污泥浊水
看着你，我心里泉涌波荡
激动亦感慨
你流淌的韵律
是与时俱进的进行曲

你波澜壮阔的景观
绘出了一幅色彩斑斓的时代画卷
你起伏跌宕的走势
绣出了一段曲折前行的见闻
你古有引水入宫的丰碑耸峙
今有拦河成库的灿烂
更有橡胶湖的鼎鼎辉煌
大凌河畔
楼阁琼宇林立
游人旋踵
绿草茵茵
白鹤舞跃

轻舟飞驰
大桥飞架
日照三竿行车早
珠光万点映彩桥
凌河两岸
青山玉翠滴滴
滩头骄杨森森
高坡银海滔滔
沃野麦浪滚滚
大凌河两岸风景如画如诗
美哉　妙哉　壮哉

老寨川不老

祖先用血汗塑造了土地的文明
每一寸泥土里都有一个不死的精灵
他们有时会深入睡眠
需要我们用汗水把他唤醒

干渴的川州旱魃的道场
偶然的暴雨彰显着穷山恶水
春种夏耘期盼一年的愿景
只瞬间就化为泡影

老寨川——纵横百里的季节河
滋润着翠绿的禾苗
也随时会肆虐
千辛万苦的劳作

就像遥远的那条被称作龙的河流
随意奔涌　难以驯服

多少年啊
浑浊的双眼
皲裂的双手
期盼风调雨顺
祈祷五谷丰登

世纪之交
沉睡的大川战鼓动地惊天
隆隆的采石炮声震响老寨川
川州人雄壮的队伍
一幅战天斗地的壮丽画卷

让老寨川不再间歇发作
让黑土地孕育茂盛的绿颜
娄家店　黑城子　宝国老
全民总动员治河大会战
当代愚公不褪色
英雄人民挥巨手
展示着扭转乾坤的力量
傲然屹立的老寨川治理工程
宛若两条矫健的长龙
以其勇锁洪魔的恢宏气势
为民造福的显赫功德
树起了一座闪光的丰碑
这是朝阳儿女挺拔的脊梁
俊逸的风骨

不必用数字将艰辛记载
不须用音符把成功歌颂
今天的老寨川
早已是风景如画
欣欣向荣
连绵的山岭可以做证
迤逦的河床可以做证
丰收的庄稼可以做证
磅礴的诗句可以做证
看——
地换衣裳山换容
恢宏气势惊天公
千年荒岭藏虎豹
百里长堤锁巨龙

重游老寨川

绿柳吐翠川州行
脚踏热土别样情
桃花绽放游子醉
山村换装地靓容
方塘潋滟波光耀
鱼儿戏水醉春风
寨川儿女展英姿
百里长堤锁蛟龙
一泓绿水润良田
两岸玉带满目青

历史文化篇

化石初羡[1]远古生灵，衍繁鸟鱼欢。
文明曙光留迹，母祖神篇。
三燕征程万里，中国地烽烟。
仙聚洞中客，人类经传。

血脉笔端迸涌，影随飞鸟至，览胜无边。
剪裁图画卷，璀璨正当年。
谒王陵、藩屏自治，永爱恒、佳话在人寰。
和风惠、继英雄遗愿，华梦依然。

[1] 朝阳化石在一亿四千万年以前，即白垩纪与侏罗纪时代。

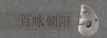

朝阳四合屯化石剖面

洪荒的生命

五千年的岁月铭记在这片土地
一次次涌起了激昂涤荡的涟漪
当新世纪的曙光点亮我们的视野
历史　再一次闪回远古的往昔
时空可以穿越亿万斯年
有一只叫中华的龙鸟
在这里奋翻云霄
展现出亘古的惊奇

曾经扶摇直上镶嵌蔚蓝的天空
飞翔的舞姿　展示着生命的意义
饮天河之水　以辽宁古果为食
孕育中生代含苞的欲望
那正是被子类植物的花季
却厮守着造物主的秘密

不经意间触碰了你的梦境
向我们吐露着春天的消息
中国朝阳　可爱的家乡
世世代代　在这里繁衍生息
也许　此刻我们脚下的土地
曾经是浩瀚的湖泊
远古的鱼儿在身边畅游
远古的鸟儿在天地间鸣啼
掸去沧桑的尘土加以考证
蓦地发现　地球上第一朵花在这里绽放
第一只鸟从这里飞起

舞中幡

文化胎记

站在牛河梁上
沐浴五千年文明的曙光
徜徉在慕容街
谛听战马嘶鸣
信步在龙城

感受时代前进的脉搏
感悟
谁能拥有太阳
都会得到永远的光芒
谁代表了先进文化
谁就能真正把握明天的辉煌
底蕴，殷实的积淀
滋养了文脉绵延异彩纷呈的朝阳
耶律家族的青砂岩墓志
尹湛纳希的写史长卷
朝阳民间文化之乡
璀璨的塞外明珠
又放射出新的光芒
一代才人挥毫
营造翰墨书苑的芬芳

看　三燕大地
到处传颂着激情澎湃的壮丽诗行
《神虎巨星赵尚志》民族精神万古长
一片净土《中国地》挺直了民族脊梁
《飞鸟依人》写生态《凌河流韵》唱家乡

诗词协会　楹联之乡
剪纸文化、皮影流长
这是律动朝阳的力量
节日舞台　《九凤朝阳》
秧歌　锣鼓　唢呐声响
奥运赛场
《义勇军进行曲》九天回荡

摄影人用相机
聚焦时代变迁
记载沧海桑田
构建时代广角
冲洗奋斗的底片
展现幸福的时光
定格无尽的欢颜
为朝阳今天自豪
为明天骄傲
先进文化
指引着前进方向

北票四合屯

人们在这里发现了鸟的飞翔
人们在这里发现花的绽放
还有那些鱼儿和贝类的化石
北票四合屯——一个小小的村庄
因花鸟鱼虫震惊世界
看　沉积岩上写着侏罗纪早白垩世
龙鸟的翅膀搏击长空
鱼儿在四合屯的远古水域嬉戏
转瞬间
鱼儿们固执地张扬在石头上

眼睛仍然一眨不眨地看着世界
龙鸟飞翔的样子已经不再生动
但　我们肃穆庄严地膜拜
四合屯　让我认识进化
在这里所有的石头都让我另眼看待
它们因为生在这里而与众不同
花儿一旦开放就永远开放
鱼儿一旦游动就永远游动
四合屯引导我又走进了远古

中华龙鸟

第一只鸟，永恒的飞翔

选择飞翔　注定背负青天
生有羽翼的物种因在高处而孤独
羽毛　被突如其来的变故定格
尘埃落定　以第一个飞天的造型
匍匐成沉积岩
剥离了远古的碎片
你展示永恒的飞翔

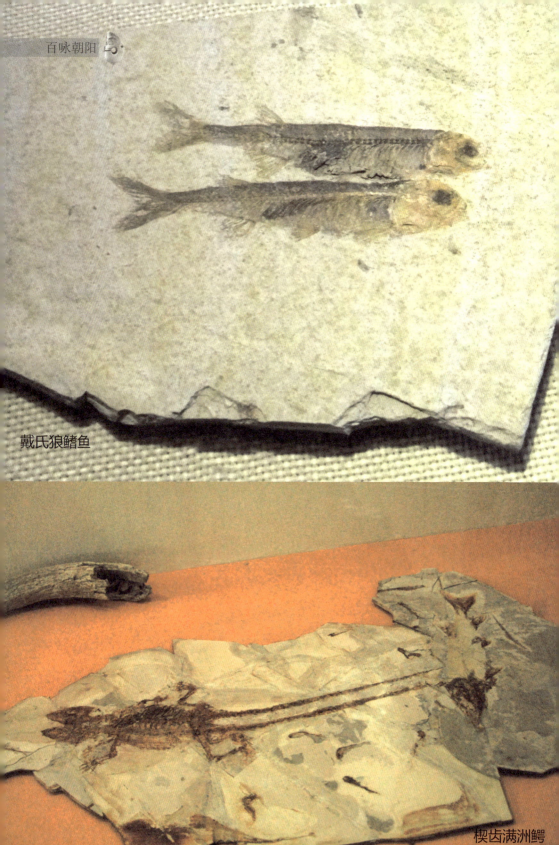

戴氏狼鳍鱼

楔齿满洲鳄

鱼化石

鱼儿　以永远游动的身姿
游进我的快门
水　就在石头上平静地粼粼闪烁
是什么力量
给你持久的状态
面对你的永恒
生命竟如此坚强

阳光的金线直达水的深度
依依的水草　水一样的风情
修饰了你优美而舒展的动作
彼时涟漪战栗地成为恒久的涌动
之后波澜不惊

你与远古的涛声一起
在一个时代
游近我
为所有热爱生命的人
诠释时间
永恒与短暂
以涅槃的姿态

杜氏孔子鸟

鸟化石

轻盈矫健的翅膀
在侏罗纪沉重并石化
但你仍保持着执着的飞翔
从远古飞到现代
天空　因翅膀而生动
时空　因意识而恒久
哪里是你展翅的天空
哪里又是你的森林
选择飞翔
注定背负青天
注定高处不胜寒

有些高度无法超越
所以　要回到承载你的地面
羽毛
被突变定格
尘埃凝固你飞天的造型
剥离了远古的沉积岩
你依然展示着飞翔的姿态
奋进的神采
你永恒的飞翔

鹦鹉嘴龙

永恒的爱

爱情　被轰轰烈烈的定格
尘埃落定亿万年
原本轻盈矫健的身姿
雕塑成石破天惊的爱情

侏罗纪震撼与变迁
不变的是那永不分离的初衷
定格并石化了情感的绝唱
人类的目光满含景仰

穿越时空来观赏
剥离了远古的碎片
你展示着永恒的相恋
敬畏自然　还有时间

化石林

地火喷发古纪元
岩浆磅礴化神泉
辽宁古果新生命
中华龙鸟舞涅槃

天崩地裂万物劫
物种遗留沉积岩
虽经炼狱均未泯
化石林秀新家园

化石林

古生物化石公园

早白垩纪地质园
遗迹展姿纳万千
远古标本彰异彩
热河生物群可观

沉积层藏三叠纪
地址事件再重现
此处属种多丰富
科普基地展新颜

古生物化石公园

谒喀喇沁王陵[1]

陵园迷乱草
谒贡王[2]　三塔屹荒冢
蒙藏大臣位
数点将相
藩屏世泽[3]
福荫惠泽后人　白屋也公卿
转瞬哈河水　念功名

百年双乳山麓
犁断腾龙脉　犹是峥嵘
苍松吞雾云　古柏映丹枫
贡桑荣　评论今古
众生来　新村道真情
人易老　何忧岁晚　独赏遗风

[1]　喀喇沁王陵俗称"王爷坟"，在建平县三
家蒙古族乡新乃里村双乳山下。此阴宅与内蒙
古赤峰锦山阳宅建筑风格相仿。
[2]　贡王为贡桑诺尔布亲王，系蒙藏大臣，与
李鸿章齐名。
[3]　"藩屏世泽"四字是康熙皇帝御笔，刻于
石牌坊横额上。

喀喇沁王陵

玉猪龙

牛河红山玉猪龙
华夏图腾绽辉煌
东方女神惊世界
文明曙光看朝阳

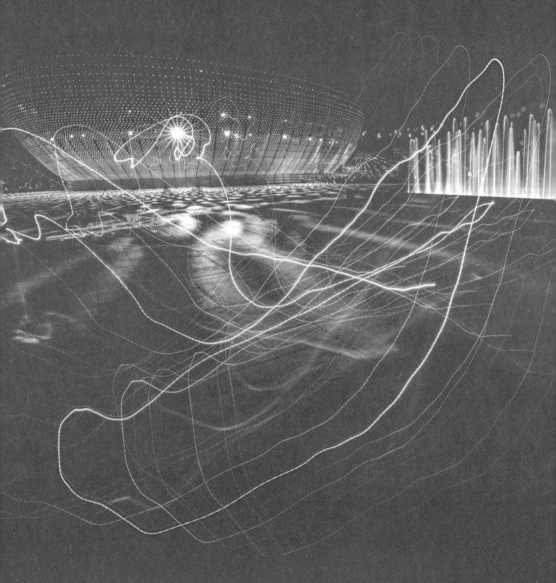

牛河梁博物馆

遗址

魅力
就是那一层迷津
把寻找源头的人
带到蛮荒的记忆里
陶罐里的影像以鱼的游动展示
水声溢过岁月的堤坝
开片成一件文物

黄土的记忆朴实而安静
粗糙的俊美
被原始之手
陶冶得端庄且生动
成为一种可以炫耀的文化
是时间和掩埋让你残缺

只有残缺
才渐渐完美

没有被永远掩埋的历史
蒙昧重见天日
便抖起精神重放异彩

牛河梁

——中华文明 5500 年
我站在燕山之巅
翘首眺望牛河梁
那肩披风采的女神
从梦幻世界婆娑蹁跹
中华根系的生命血脉依稀相连
——女神庙
劳动儿女的塑像
是您花容月貌娇艳丽姿的翻版
红山女神
您是红山人的女祖
更是中华民族的共同祖先

我站在燕山之巅
翘首眺望牛河梁
那考古学家挥动镐镐锹锹铲铲
发掘积石冢里的宝藏——牛河梁惊艳
——玉鸟临风
鸣啼中华文明第一缕曙光璀璨
——玉猪腾龙
生龙活虎的原始社会图景蓬勃凸显
——玉箍梳妆
扮靓女神和姐妹们的云鬟双挽玉鬓高盘
——玉石栏杆
撑起母系氏族繁衍生息的灿灿艳阳天

我站在燕山之巅
翘首眺望牛河梁
——祭坛上
先民们顶礼膜拜的虔诚
祈祷风调雨顺五谷丰登的连年
祈愿福禄寿喜族旺家圆的绵延
祈盼战乱平息国泰民安的消遣
祈祝财帛丰腴吃穿不愁的恬淡

我站在燕山之巅
翘首眺望牛河梁
——红山女神
以她婀娜多姿的风采
从远古款款而来
庇佑中华子孙
推进强国建设
实现民族复兴
让中华 5500 年文明赓续承传

牛河梁遗址博物馆

凌水流变

渝水龙川白狼水　　齐国北伐山戎仇
辽代名曰大凌河　　曹魏征讨乌桓军
蜿蜒崎岖八百里　　前燕挺进中原郡
贯穿辽西入大海　　北齐攻打契丹人
流经山川显壮丽　　隋唐平定高丽寇
物产丰饶富殷裕　　九曲凌河俊长廊
碧波荡漾行舟楫　　凤山水绕阴抱阳
滋养润泽载史籍　　虎踞龙盘福德地
凌河古代通枢纽　　慕容鲜卑筑龙宫

引水入宫建丰碑　　湖光山色交相映
古老凌河史扬名　　龙脉嵌入明珠烁
日新月异筑新城　　园林城市风景殊
今朝凌河更秀美　　城在山中水映城
两岸长堤水浩渺　　楼在树中绿掩行
碧波万顷波光影　　饱览凌河惜胜景
鸥鸟翔集云栖地　　绿色都市呈文明
驻足岸边助生机
远山横黛岚光洗

传统文化展风彩

传统文化民族魂
坚定信仰在初心
博大精深赖传承
独特魅力染后人

剪纸

剪纸艺术三千载
独具特色展姿态
透空纸里镂智慧
工艺出神放异彩

非物质文化遗产传承人　杨智宏　剪纸作品

皮影

艺苑百花绽千秋
七刀八剪添风流
弘扬国粹推新境
小小银幕看全球

风光篇

黑山白石，问沧桑故事，风景瑰丽。
四季朝阳，杏冠李、柳绿春红相倚。
胜杰人聪，游园郊外，水蓄燕山里。
凌河经络，母亲慈爱常记。

飞鹭荡起涟漪，烟波浩渺，育雏腾双翼。
玉麓山庄，瀑布潋、追溯山沟披靡。
雾霭滔滔，龙湾淡淡，树洞槐荫蔽。
辽梅惊艳，峻峰灵钟秀毓。

朝阳四季

冰雪消融辽梅开
蜂忙蝶戏燕徘徊
天鹅落脚的地方
生机盎然百鸟喧

万物茂盛绿澎湃
千亩稻菽披迷彩
凌河踏浪赛龙舟
风光旖旎靓无限

枫红菊黄色美艳
谷灿瓜香果满园
大地流金七彩聚
碧水光影照青山

飘飘洒洒雪满天
獐奔狍闹原野间
凌花多姿窗上舞
红梅迎春带笑颜

白石水库

白石胜境

白狼凉水牤牛
曾经泛滥多愁
一朝石壁锁岫
瞬间安澜温柔

当代禹王挥手
水甘电足鱼稠
若数辽西旅游
情趣山水尽收

物华天宝川州
白石承前启后
地灵山川锦绣
人杰代代风流

凤凰山

燕辽享誉佛教传
历史名胜凤凰山
佛教祖庭龙翔寺
史籍明鉴第一院

三塔[1] 巍巍凌云霄
四寺[2] 祥瑞绕蓝天
摩崖佛龛北魏兴
辽代古道十八盘

清代倒座观音洞
卧佛古洞香炉燃
植被丰茂物种盛
珍稀鸟类繁黑鹳

金驼望月秋风爽
象鼻山巅陡壁险
天然大佛纳万物
翠涨连云更壮观

---

[1] 三塔为：摩云塔、大宝塔、凌霄塔。
[2] 四寺为：延寿寺、天庆寺、云接寺，华严寺。

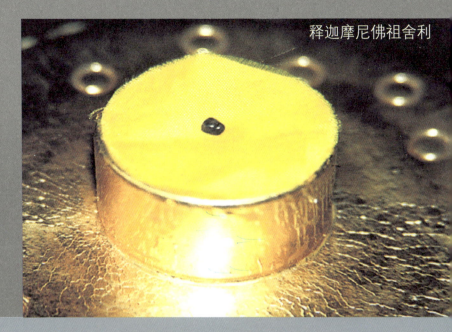

释迦摩尼佛祖舍利

凤凰山摩崖石刻

百咏朝阳

凤凰山

我的圣山

你的传说　在梧桐生长的地方
你的秀美　是凌水辉映的朝阳
山峦上聆听凤凰的鸣唱
东方的圣山菩提挂满吉祥

融入你的怀抱　丈量世间的山高水长
抬头仰望云接寺　俯首感悟沧桑
钟鼓同声　凌霄塔上梵音悠扬

钟灵毓秀凤来仪　诗人书华章
凤凰山　我的圣山　我的景仰

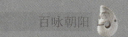

百咏朝阳

凤凰山下寺

名山秀色

凤凰山色美　　　　　云接寺接云天
塞外明珠璀璨　　　　天庆寺兆丰年
山中塔寺林立　　　　华严寺普佛光
凌河圣水绕山　　　　延寿寺寿无边

春有百花争奇　　　　凤山皆古迹
夏见云海波烟　　　　凌水呈吉祥
秋展红叶黄柳　　　　曲径通幽凤凰顶
冬季青松昂然　　　　登高远望皆峻峰
梧桐起祥瑞　　　　　凌河环山添锦绣
凤凰鸣高冈　　　　　满目葱茏皆盛景
紫气显神韵　　　　　圣史　　史记彰
朝阳升隆昌　　　　　圣地　　地辉煌
　　　　　　　　　　圣僧　　僧结缘
佛教圣地　　　　　　圣境　　境万千
令人神往
农耕游牧文化的起源　四圣闻名天下传
在我东方圣山　　　　天然大佛降人间
北国的皇家寺院　　　鬼斧神工象鼻山
两佛舍利盛世见　　　金驼望月龙飞天
　　　　　　　　　　十八盘路入云端
大宝塔落凤山　　　　名山秀色引远客
摩云塔入云端　　　　文人雅士赋诗篇
凌霄塔凤顶冠　　　　清代名人留佳作
三塔辉映凌河畔　　　史记篇章等闲观

燕山湖

波光岭峰峻
高峡鉴平湖
水阔望岸远
气象万千殊

山势巍峨峻
奇石峭壁立
百鸟争鸣喧
浪花随鱼舞

阎王鼻子险
老虎山似虎
八仙壁上观
祥龙腾云雾

福桥铺祥瑞
金蟾望月出
母子猴山幽
卧佛引敬慕

僧侣思善缘
云梯接天路
万福岛映秀
观音送万福

朝阳北塔

凌河新韵

龙城流韵

大燕北国映朝阳
凌云双塔兆吉祥
河润凤山多妖娆
风展古都铸辉煌

光耀历史励众志
览胜龙城看风光
远望近观皆如画
胜境辽西新画廊

山水秀丽水鸟来

水土保持赖群贤
生态环境大改观
山清水秀鸟翔集
朝阳旧貌变新颜

山围翠带添秀色
渠绕龙城展画卷
努力实现中国梦
家园和谐伊甸园

凌水咏

湍湍凌水入海洋
悠悠曲经纳四方
清水涌流荡尘埃
物富年丰扶榆桑

凌水波涛荡梦想
一条龙脉呈辉煌
两岸儿女书画卷
启航征程奏华章

大凌河

两岸家园

龙脉传承古文明
凌水流金百业兴
两岸家园皆小康
九凤朝阳添胜景

迤逦凌水润无声
良田万倾五谷丰
人民迈进新时代
不忘初心踏征程

相伴竞天边

与朝霞齐飞
携阳光起舞
同心来比翼
相伴竞天边

山水相映秀
喃喃细语绵
游踪十万里
神会胜千言

雄鹭展翅旋
对望明深意
翱翔风悦耳
柔情惬意间

彼此衔柴草
茅巢似宫殿
相互解心语
比翼水云间

朝阳风光

春暖花织锦
日丽风和暖
山青瀑布音
百树发新端

夏灼草木深
中天降甘霖
花明五谷盛
柳暗芳草荫

秋凉霜月高
大地色如金
高天流白云
丹红叶正缤

冬寒苍松劲
家乡瑞雪深
耸峰界天白
林涛更雄浑

杏花恋

春寒乍暖凌河畔
翠英绽放蕊香清
十里杏花惹人醉
漫坡艳姿比君颜

五月杏花满山川
争荣竞秀舞蹁跹
姿彩红遍丰收果
青红黄绿一方天

他拉皋杏树

如意山庄

如意山庄

如意山庄百花妍
水含灵韵翠玉轩
园林养殖休闲境
自然人文生态观
民族大帐具风骨
小桥流水人家还
滑草坡前畅游趣
休闲养生笑声欢
池塘垂钓天资乐
水车摇曳过千年
古朴农舍黍稷香
一方乐土胜桃源

劈山沟

劈山沟观瀑

山顶瀑布长飞溅
壑间万木竞争艳
谷底溪流水潺潺
两旁怪石秀万千

龙潭水库随想

山与水相映
水与山相连
巍峨大坝锁两山
是汗水泪水筑入坝基
是艰苦奋斗谱写新篇

曾记否
沉睡山川吹号角
川州群英聚龙潭
苦干实干加巧干
千难万险只等闲
艰苦奋斗跟党走
誓让旧貌变新颜
手持钢钎手红肿
天寒地冻挥镐锹
苦干实干在三伏
汗水洒在山水间

双肩担基土
推车不怕寒
日夜三班倒
挥汗乐无边
粟米咸菜香

煎饼菜汤甜
甘吃天下苦
造福志更坚
期盼在心里
走在春风前
干群齐上阵
斗志锐不减
龙潭大会战
一首长诗篇

放眼望
库水浇灌万顷地
沃野色彩更斑斓
喜看今天山花放
山村旧貌变新颜

龙潭水库

寨川风光

层峦叠翠

劈山脚下饮清泉
曲径通幽近山边
自然造化景奇特
层峦叠翠花满山

朝阳红叶

荒漠变绿洲

昔日风沙敢欺天
肆意弥漫似狼烟
裹衣遮面难出门
故友相见更撼颜

今朝全民齐动员
驱走沙魔绿家园
远方来客惊相问
此处可是大草原

沙化治理工程

丁香

梦里几度醉紫烟
清香远溢着素颜
不与春花争夺目
花微细小融成团

紫色云彩饰山间
迎风摇曳志不凡
承载幽谷风雨浸
绽放自己香冲天

凌龙湾

绿水静流凌龙湾
福泽之地伊甸园
一条玉带添胜景
二龙戏珠绕山还

小凌河

华枝春满

春深鸟声喧
文冠舒秀枝
粉白香如雪
游人赏花痴

建平文冠果

梨树沟

梨花山庄

梨花山庄几多娇
万亩香雪尽妖娆
百年树龄千株美
骆驼峰前仙子笑

龙吐圣泉飞瀑来
拜谒石佛息尘嚣
秋来枫叶飘红雨
生态游园健身潮

槐树洞

隋唐遗留槐树洞
辽金清代文繁盛
寺庙涌泉幽景美
石塔巍然比槐荣
山石林立奇峰秀
神龙圣水清泉涌
桃李杏树花争艳
松柏苍翠万古青

辽梅绽放

三月莺时未破冰
辽梅绽放笑东风
春寒料峭知劲骨
春花独放绽峥嵘

清波玉姿

亭亭玉立清波浴
不蔓不枝如少女
叶茂青蛙田间跃
鸳鸯戏水翠湖里

朝阳八盘沟

朝阳花

绿叶黄花拥翠冠
田间地头安家园
无与万物争夺目
品自高洁乐奉献

岁岁黄花尽欢颜
风云变幻只等闲
灾害侵袭无所惧
昂首向阳志更坚

一片净土

秋高何所去
九沟十八岭
沟沟通秀气
岭岭见奇峰
连绵重叠嶂
争奇竞秀灵
岩石天公造
妙趣浑天成
张家界神韵
再现清风岭
古木参天望
千百步瀑洞
山泉掩映树
飞瀑挂壁空
仿佛九寨沟
童话世界生
悟空捉狮怪
狮怪俯首刑
西游仙境美
巍屹孙悟空

三叠彩泉映
层层相叠景
阳光流七彩
山花相映红
马仙神泉说
更有神仙洞
洞外明月桥
听雨轩温情
劈山柏傲立
自然剑神功
八戒神游处
金蟾望日升
滴水观音拜
子女成龙凤
飞来石怪物
游人赞盛景
王老凿故事
家喻户晓清
抗击日倭寇
中国地英名

清风岭

文物古迹篇

古塔凌霄经世立，
望极春秋，灿灿文明迹。
亿缕阳光新照里，
风铃摇曳陶然意。

景圣兰亭隽永慧，
乐奏欢歌，华夏优奇萃。
盛世旅程人信步，
国强民富圆梦归。

中寺

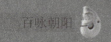

朝阳古街

忆三燕

三燕百年历沧桑
建都龙城铸辉煌
慕容饮马白狼河
金戈铁马书悲怆
三燕文化多璀璨
冯氏太后思燕梁
金布摇冠饰精纶
慕容熙建龙腾堂
三燕皇族今何在
千古绝唱巾帼榜
世人称赞冯太后
收复岭南冼英强
冯冼联姻奏交响
民族交融谱新章

摩云塔

辽代摩云塔
方形十三级
浮雕最精美
古刹升岚气

天庆寺

天庆寺

玲珑庄严天庆寺
辽寿昌年始建成
倚山靠崖衬碧峰
临渊向壑幽谷深

千年古柏五株翠
覆荫寺宇悬半空
苍劲挺拔傲风雪
洞天福地瑞气融

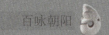

下府惠宁寺

惠宁寺

古寺巍峨气宇宏
金碧辉煌秀峥嵘
乾隆赐匾仍高悬
瑞木塔山做靠峰

蒙汉藏满纳一寓
惠宁古刹景观雄
风格效仿雍和宫
万尊佛像皆神明

朝阳千佛洞

亿万斯年千佛洞

怪石嶙峋塑穴洞　　青龙当为盖苏文
砾岩露头比坚硬　　唐朝大将平辽王
亿万年前时光远　　屡立战功受奸佞
日月精华凝聚灵　　玄女娘娘水火袍
独立巨石尊神奇　　遇有火灾披肩行
千姿百态大佛形　　囊中取袍罩九骑
笑看人间花开落　　耳边风声响雷霆
传颂天子唐太宗　　神佛佑护闭眼等
家住遥遥一点红　　九骑马叫驾雾腾
飘飘四下无影踪　　身落高山峻岭间
三岁孩童千两价　　石阶弯曲松柏青
保主跨海去征东　　发眉雪白一老妪
古都东京南大门　　引路行进"藏军洞"
程子山峦两脉龙　　石桌石椅石凳床
千佛洞称白虎关　　老僧修行百年功
千军万马藏军洞　　镌刻石佛千尊像
白虎系指薛仁贵　　辽代古佛今人崇

玉清宫

道教圣境玉清宫
羊山向阴规模宏
光绪年间讲善堂
易名玉清盛世隆

万山祠和三天界
建筑艺术风格迥
别具形象世罕见
龛式传统相兼容

玉清宫

关帝庙

营州路耸关帝殿
乾隆八年匠心建
神马仪仗展雄威
药王财神佑安澜
戏楼牌楼棂星门
钟楼鼓楼落堂前
石狮铁狮铜鼎座
琉璃望天犰旗杆
省级文物须保护
礼制遗风古今传

关帝庙

缀珠篇

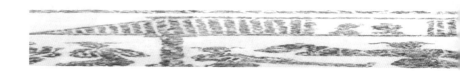

海峰糕品鉴，敬老院、孝当先。
女子读书声，安然静谧，诗润华颜。
川州红椒国色，富民兴业四海航船。
观鹊巢繁子衍，向晴空奋飞天。

新风点赞百家传。洞房烛花燃。
脆枣响铃铛，秋风玉露，甜醉人间。
千年树怀家事，念乡愁无限少龄班。
窗口回眸色彩，杜鹃红遍山川。

三宝敬老院

爱洒人间

孝　带有香甜的味道
那块童年的蛋糕
至今不老
品尝曾经的记忆
沧桑的岁月　饥饿还有贫穷
海峰糕点让老人吃出美好
无须豪言壮语
一块蛋糕一份爱
"海峰"的情怀　老人乐开怀

书香化雨

朝阳女子研习所成立五周年

五年风雨同舟
互称良师益友
开启智慧之门
东方文化恒久

书是进步阶梯
滋养浩然正气
书山勤可开路
学海泛舟奋楫

读书志在明理
保持思想活力
打开心灵之窗
拓展人生意义

筑巢

辽西大地春来早
比翼飞来幸福鸟
此枝即是栖身处
雌雄同心筑爱巢

幸福家园需共建
繁衍后代非防老
相濡以沫情未尽
坚贞厮守爱情牢

掀起盖头幸福来

掀起你的盖头
袭人馨香飘柔
曾经两处相思
今夕红烛伴羞

皎洁明月临窗
共浴爱河激流
羞涩随波漂走
相伴一生牵手

赞新风

和谐春风惠万家
文明建设开鲜花
传统美德流千古
尊老敬老人人夸

善心栽下梧桐树
大爱引来金凤凰
鸾凤和鸣幸福曲
高尚品德放光华

农家婚礼

枣乡枣香

秋风啊
吹红了叶子
吻红了果实
大地擎一束束收获
摇响秋天的喜悦

把成熟与香甜
捧给大地献给母亲
枣乡　枣香

你这晶莹剔透的
红色的珊瑚
醉了季节
醉了大地
醉了心田

辣椒红了

川州辣椒美名传
万红千绿层尽染
盛装虽艳性刚烈
亭亭玉立品不凡
倾情芬芳留过客
串串音符在琴弦
东边如同红玛瑙
西村珍珠堆成山
百姓踏着幸福路
日子红火比蜜甜

朝阳公路

天堑通达

高路绕城郭
天堑飞铁骥
枢纽分流
大道平坦通畅起
牤牛河水横跨
鸡爪沟岔度隘
远思更神奇
乘车望山岳
下马观涵坝
挥椽笔
壮气魄
开新宇
无限风光因何迷
欲览纵横驰奔
惯看迤逦伟雄
巨手罕古迹
回首问天路
功成志不渝

槐树下

怀乡之树
普通易活
枝繁叶茂
是游子思乡独有的具象植物

绽放的槐花浓了四月的乡情
让怀揣乡愁的人
与槐树叙旧

离乡时　在大槐树底下与亲情作别
一个人带着全家人的牵挂
——到起风的地方
槐花伤感而无语

把槐树植于心田的人
无论走到天涯海角
每当北雁南飞
家乡就茂盛在游子望月的夜色里

风带来远方的消息
大槐树读懂游子的口信
召唤或祝福
远方的游子都会听得到

总有回到槐树底下的时候
总有期待与望向远方的目光
盼着醉一回浓浓的乡情

杨柳情思

家乡的风景总有你们依依的情怀
一抹轻轻的云
即使在最萧条的季节里
为单调的生命
构思一幅画　伸展着枝条

苦熬着严酷的日子
在一个冷峻的世界里
你们携手笑对严寒
且与风吟唱春天的歌谣

在辽西　沟沟岔岔的村落
在河流的岸边
夏天擎一片绿荫
冬天捧十里肃然

在没有景观的人生季节
只有杨柳赋予我生存的品格

把春　夏　秋的热情积攒起来
冬天里以执着的样子在我的视野
成一片报春的霞
飘扬成春天里引路的一面旗

窗口记忆

那一方画面　框住我童年的视野
尺方的天空　流进贫瘠的阳光
毛土纸是乡间唯一的装饰材料
一层窗户纸的时光　加上一块玻璃
装修了偏远而简陋的生活

辽西有民谚：有钱不住东西厢
冬不暖　夏不凉
其实人是适应于环境的
而绝非环境适应于人

缘于对阳光的向往
从童年我就被玻璃感染上透明的情结
秀美如水　剔透晶莹
引无数阳光的文字
编织描绘寂寞的白日梦
那是诗的叶芽

如今我拥有大面积的休闲
在充满阳光的屋子里工作生活写诗
我用十指点击世界点击灵感也点击生活
通过宽带的窗口浏览奇闻逸事
下载我对这个世界的信任而拓宽我的思维

无论这个世界变大或变小
人们却总也离不开窗子　这是眼睛的需要
也是生命的需要
因而我的目光被童年的窗口紧紧地套牢

怀念一种色彩

当一种声音携着一种色彩
那列绿色的小火车
鸣着笛声　渐远
记忆依然停在童年的站台

过早地被格式化了的相思
眸子里的苍绿与笛声纠缠
挥之不去

撕裂亲情
缝合思念　一种连接与分离的颜色
我童年站台上的绿车厢呵
你穿梭于多雨的生命里程

我时常在夜里被笛声惊醒
蜿蜒的绿色就隆隆地
在失眠的夜里驶向遥远的站台

一声长鸣　大地便抖动
我们在穷乡僻壤的乡间
邂逅，你仍以昨天的速度奔波
我在繁华提速的红色车厢里浏览世界
在白色的 G 字头列车上飞驰
也在上下车中感受时间与变化
以及色彩与速度

家乡的小火车

北票金岭寺车站

小北沟人家

依山而处　为山增添灵性
择水而居　让水平添姿色
小北沟人家　使我的视野古朴
在人间烟火的美感里
读懂从容而平和的心态
读懂感恩

从房屋的长相
判断当地的生活质量
靠耕作为生的人家
见得不多　烦恼也就少了

院落和墙壁的遮拦
完全属于自然的一部分
卑微得让你推门而进
迎接你的是友善的微笑而已

山是后花园
山里人家与山水为伴
活得纯朴　活得真实

上元小北沟

辽西人工林

辽西人工林

绝非海市蜃楼的映象
树们　枝繁叶茂地向上
闪烁着牛河梁的圣光
季风不经意地一扫
雄浑连绵的丘陵
起伏着家乡绿色的秀美

关于干旱的传说
在辽西才能获得诠释
风沙　以及贫穷
皆因缺少水滋润的生命色泽

辽西的人工林
张扬着人民的执着
多少人是被你的荒凉诱惑
又有多少人在你的绿树掩映中慨叹

家乡是与绿最为亲和的城市
每一株树都有灵性
因而做人也该以树为楷模
站立时是树木　倒下还是树木

森林沁着汗水
茂盛的绿色的真实
植树者满脸沧桑不知了去向
他们的青春幻化成绿洲了
人们真正理解了
树老了　益发珍贵的道理

人工林　是一道引人入胜的亮丽风景
是辽西一部壮丽的史诗

想起荆条

荆条没有青松的伟岸
没有鲜花的夺目
它有坚韧的风骨
奉献的精神

荆条
生生不息
随处可见
沟壑石缝
草丛树下
贫瘠山梁无所惧
傲然挺立在山崖
根做工艺更神奇
条做饰品更亮丽
紫荆花满山遍野
绽放中随风摇曳
芬芳引蝶戏
繁锦招蜂忙
花质最好酿玉液
滋身健体如琼浆
你生长的土地
獐奔狸闹
你滋养的众生
和人类一样重要

一场雨后
花海更夺目
平添一抹斑斓亮色
如玉般温润
似冰般清冽
一尘不染

啊　荆条
淳朴厚重的品格
无私奉献的精神
坚韧不拔守土地
顽强毅力防风沙
宽阔胸怀纳万物
无私奉献绿环境
圣洁品格护自然
打造亮丽的风景

荆条的精神洗涤我们的灵魂
荆条的品格坚定我们的信仰

青杏

儿时在上园
青杏酸涩着我的世界
是你渲染得天空让孩子们欢娱
时至今日　依然令我回味无穷

是精神食粮的全部
是我的芳草地和欢乐的小溪
夕阳西下的炊烟里
母亲把我的乳名唤成了火烧云
到了花甲之年了　我还很伤感

物质丰富的我精神贫穷
就想起那片青杏叶子的园子
老奶奶蹒跚的脚步驱赶顽皮
那喊声也成为童年的乐趣

如今　上园的杏肯定已经老了
我仍记住那个酸涩情境

童年的杏树

我家的园子和村民的园子
里面有许多树
除了杏树还是杏树

四月　粉白色的花短暂地抹过春天
杏子在叶片的后面
偷偷地炫耀　酸涩的记忆
生长进我的眼睛
童年的滋味　一滴一滴地青翠了五月
童心的欲望把幸福碰出声来

一片片光辉的叶子们
擦亮了青杏般暗淡的瞳仁

六月的山村被大人们
称作青黄不接
孩子们看到的是一半红的　一半青的
把一个生涩的园子
品出繁荣的香甜
与那个时代形成对比　反差

怀念杏树　就是怀念幸福
彼时　我们快乐得有些奢侈

杜鹃红了

四月　大黑山的杜鹃开了
把一座大黑山装点得繁花似锦
沸沸扬扬　人面如花

为了追赶花期　人们的脚步提速了
从四面八方赶到山里
为这座花海中的岛屿
推波助澜

赏花人　来到花样年华里
花季　是大黑山最热闹的时节
大黑山美丽得很大方

怀揣诗心赏花
灵感遇到杜鹃就不灵了
是杜鹃占据诗的位置
还是诗人不能自拔

北票大黑山

菩提树，我的憧憬

在一处神圣的海拔站成风景
迎着风寒舒展
使一座山在你的情怀中楚楚动人

山的绵亘　衬托了你的刚毅
松的挺拔　塑造了你的姿态
菩提树是凤凰山的骄子

在高处而不高傲
处低谷依然挺拔
山因你而婉约
朴素　正直　向上是你的个性
淡定　执着　感恩是你的写真
菩提树　我的倾情

夏的风雨冬的冰雪
都是你季节的知音
在这样的环境你宁折不弯
你气质和形象是另一种坚强

你是我理解坚强的注释
生活中只与善良对语
叶脉伸展至诚的情怀

枝条没有复杂的思想

不羡慕栋梁之材
你坚持自己的追求
固守厚德向上的审美
为山的神圣祭献你的赤诚
为梵音远播燃起你的心香

我感恩菩提树　太多的风景
我已看淡
只有你站成我永恒的憧憬

看秧歌

唢呐声声唤醒熟睡的早晨
锣鼓咚咚擂响奋进的激情
心随着鼓点颤动
手随着唢呐舞起

高跷踩着翩翩
推车幸福满满
狮戏虎跳神威
龙舞大吕黄钟

抬阁的掮起秀姿
背阁的肩负风情
中幡的潇洒刚毅
伞头的幽默机智
一张文明的画卷
一朵家乡的奇葩
一段悠久的历史
一个文化的传承

朝阳高铁站

盛世龙城银龙来

高铁穿城似龙翔
速度誓要追逝光
客赴千里一日还
钢轨纵横连八方

龙城京师关内外
一线连起两朝阳
风驰电掣向复兴
天翻地覆看我乡

百咏朝阳

百咏朝阳

朝阳城区一角

尾声

斟满醇香的美酒
我敬畏天
日月星空光辉灿烂夺目耀眼
我敬畏地
山川河流起伏绵延奔腾向前
我敬畏人
人杰地灵英雄辈出济济才干

掀开大自然的斑斓斑驳
寻觅地壳运动亿万年前的花鸟龙蟠
畅扬五千五百年以远
牛河梁文化栩栩生辉奇异惊艳
凤山巍巍奇石古韵神工雕篆
凌水悠悠大德润物五谷丰年
双塔镌刻着辽代的历史文脉
燕都抒展着三燕的波澜画卷

斟满醇香的美酒
我敬畏家乡
生我养我的乡愁眷恋

农家那丝丝缕缕袅袅升腾的炊烟
村落那犁犁耙耙埂埂细作的田园
奏出了一首首歌的韵律
书就了一幅幅画的长联

斟满醇香的美酒
我敬畏师友
三尺讲台传道授业解惑
让我跋涉浩瀚学海和跌宕书山
同桌相助同岗互学铸就理想信念
发挥光和热共同打造一片片天
朝阳振兴和发展
昨天　有你有我有他的份份贡献
今天　手手相传接力棒的速速向前
明天　子孙后代赓续血脉的绵绵久远

斟满醇香的美酒
我敬畏一草一木
时光荏苒留下春夏秋冬的景观
我敬畏一壑一滩
岁月洗礼留下风霜雨雪的迭变

我们畅饮醇香的美酒
尽情放歌和盛赞
朝阳红起来了
那是传统文化的恢弘画展
朝阳富起来了
那是初心不改的奋斗新篇
朝阳强起来了
那是人民脊梁撑起的梦想同圆
朝阳舞起来了
那是乘着祖国现代化航母劈波斩浪一往无前

后记：百咏朝阳赋比兴

朝阳，可爱的故乡；朝阳，美丽的家园。山川锦绣，风物宜人，描绘物华天宝的壮美诗篇。文明久远，历史悠长，连载人杰地灵的歌咏承传。基础雄实，底蕴深厚，展开振兴发展的时代长卷。以此为源泉，或触景生情，托物兴感，以诗歌赋比兴为表现手法，或铺陈直叙，或引譬设喻，创作《百咏朝阳》。天地山川的万千景象、鸟兽草木的神态色彩、百态人物的音容笑貌，无不活生生地表达出来，图文并茂，以歌颂朝阳，赞美朝阳，祈福朝阳。

我仰慕朝阳的崇山峻岭。朝阳的山岭峰谷可谓"七山"的神奇写照。凤凰飞舞，麒麟龙腾，清风峻岭，万物葱茏。凤凰山、龙凤山、二龙山、喇嘛山多是千年佛教圣地，殿堂复建，古塔耸峙，梵音绕梁，香炉紫烟；神圣与神奇相伴，信使众众而旋，我们顶礼膜拜神秘的佛教圣山。努鲁儿虎山、大黑山、楼子山、天秀山、清风岭、大河北，风光旖旎，花鸟树木，山川秀丽。巍峨与雄奇相间，传奇与色彩斑斓。

我阅视朝阳的河流湖泊。朝阳的大小河流可谓"一水"的源泉迸涌。朝阳以大凌河、小凌河、青龙河、老哈河为主线。激荡白石燕山，环顾城市景观，飞架凌河虹桥，穿梭车舟如织，好一个宜游宜玩、宜乐宜居的美丽港湾。

我钟情朝阳的田园风光。朝阳的广袤大地可谓"二分田"的春种秋收。钟情于五谷丰登，六畜兴旺的稼穑盛况，繁荣景象。桃花灼艳、梨花冰洁、杏花盎然、丁香亲和、文冠灵秀的斑斓画卷，田园乐章。

我崇敬朝阳的风云人物。朝阳的历史记录着数以千计的人物。革命先驱陈镜湖，抗日英雄赵尚志、郭俊卿、乌兰，蒙古族作家尹湛纳希，当代作家玛拉沁夫，在中国革命缔造史、建设史、发展史上彪炳夺目，光彩照人。

我陶醉于朝阳的厚重文化。三燕古都，以她厚重的文化底蕴，养

210

育着智慧、善良、勤劳的朝阳人民；凤鸣朝阳，以她勃发的奋翮张力，叩响着古老、广袤、富庶的朝阳大地。古文明朝阳，世界上第一只鸟飞起的地方，第一朵花绽放的地方；古人类朝阳，鸽子洞古人类彪炳着15万年前我们祖先繁衍生息的履痕；古文化朝阳，牛河梁红山文化遗址拨开了中华民族5500年的文明曙光。思接千古，走近朝阳的神秘和灵动，眼观未来，瞩目朝阳的振兴和发展。

《百咏朝阳》汇集100首诗歌100幅图片，把朝阳人眼中的朝阳赋予诗情画意，抑或寄托着、咏唱着，抑或歌颂着、畅想着。把朝阳人心中的朝阳赋予情感畅达，抑或激荡着、奔放着，抑或抒发着、渲染着。她是热爱家乡的浓重墨彩，她是依恋家乡的回眸畅想，她是寄望家乡的诗短情长。愿《百咏朝阳》，成为朝阳人共同圆梦的精神交响！

在此书编辑过程中得到了中国作家协会书记处原书记著名作家玛拉沁夫，著名快板艺术家朱光斗，市人大常委会原副主任雷达，著名书法家齐作声，及祝阅武、陈玉民、刘子余、李景新、邓守春、李国文、宋晓珂、史国清、刘贵成、金百灵、赵书琴、李秀军、刘铁民、刘国军、崔国华、韩爱国、宋贵军、姚书、毕云峰、李晋、刘宇鹏、王力等人的大力支持，朝阳市政协原副主席、作家协会原主席华玉玺为此书作序，朝阳师专王琦老师为本书编辑排版。在此一并表示感谢。

2023 年 5 月

211

图书在版编目（CIP）数据

百咏朝阳 / 王学敏著 . —沈阳：春风文艺出版社，
2024.1
ISBN 978-7-5313-6469-6

Ⅰ . ①百… Ⅱ . ①王… Ⅲ . ①诗集—中国—当代
Ⅳ . ① I227

中国国家版本馆 CIP 数据核字 (2023) 第 127822 号

北方联合出版传媒（集团）股份有限公司
春风文艺出版社出版发行
沈阳市和平区十一纬路 25 号 邮编：110003
辽宁新华印务有限公司印刷

责任编辑：孟芳芳　　　　　　责任校对：陈　杰
版式设计：王　琦　　　　　　幅面尺寸：160mm×230mm
字　　数：157 千字　　　　　印　　张：14
版　　次：2024 年 1 月第 1 版　印　　次：2024 年 1 月第 1 次
书　　号：ISBN 978-7-5313-6469-6
定　　价：80.00 元